失
失物
博物馆

图书在版编目（CIP）数据

失物博物馆 / (西) 玛丽娜・赛斯著、绘 ; 李季原译 . -- 北京 : 科学普及出版社 , 2025. 7. -- ISBN 978-7-110-10947-2

Ⅰ . I551.85

中国国家版本馆 CIP 数据核字第 20254JG195 号

失物博物馆

策划编辑: 王丝桐　　**责任校对**: 吕传新
责任编辑: 王丝桐　　**责任印制**: 李晓霖
装帧设计: 巫　粲

出版: 科学普及出版社　　**邮编**: 100081
发行: 中国科学技术出版社有限公司　　**发行电话**: 010-62173865
地址: 北京市海淀区中关村南大街 16 号　　**传真**: 010-62173081
网址: http://www.cspbooks.com.cn

开本: 889 mm × 1194 mm　1/16
印张: 2.75　　**字数**: 55 千字
版次: 2025 年 7 月第 1 版　　**印次**: 2025 年 7 月第 1 次印刷
印刷: 北京博海升彩色印刷有限公司

书号: ISBN 978-7-110-10947-2 / I・793　　**定价**: 59.00元

失物博物馆

[西] 玛丽娜 · 赛斯 著 / 绘
李季原 译

科学普及出版社
· 北　京 ·

我总爱丢东西。
“玛丽娜！你总是这样，心不在焉似的。”

我想，那些丢了的东西肯定是趁人不注意，
一溜烟地跑到某个秘密的地方，藏起来了。

今天，我终于知道它们藏到哪里去了：
失物博物馆。

看来，爱丢东西的人不止我一个！

仅在 1981 年这一年里，就有 1570 万人“丢”了头发。

我的爸爸就是其中之一。

“掉头发已经很惨了，还要被这些东西耍得团团转！”

失物博物馆里的展品五花八门，
这里有精美的纺织品展……

还有全世界最古老的
“无人认领”水壶收藏！

“失去的耐心”主题展厅内的展品，
让每位身处其中的观众都感到烦躁不堪：
96 千米长的散开的鞋带，
堆成小山的没有穿线的缝衣针，
以及世界上所有杂志的第一期……

不过，更多人失去耐心是因为等待。

在“无尽等候室”里，你可以领一个热门餐厅的排队号，饿着肚子等待叫号；

也可以找一个舒服的地方坐好，等待乳牙自己掉下来；

还可以掰着手指数日子，计算还有多久才能过生日……

你可以吹气让汤凉得更快，也可以在刚刚吃饱饭、准备游泳前，吹个游泳圈来消磨时光。

临时特展更是精彩，讲述了一座失去了红色的城市：
那里再也没有草莓，也没有小红帽。

在那里，你不需要等红绿灯，因为根本没有红灯！那里的小孩摔倒时，膝盖也不会流血！

我最喜欢的是“失去的时光”隧道，但对于大人来说这里似乎是一条恐怖隧道，光是想到它，很多人就害怕得浑身发抖——有些人看起来头都要吓掉了！

05:55
下一班车
973 分钟后
到达
请排队等候
预计还需
5555 分钟
厕所使用中
已等待
220 小时

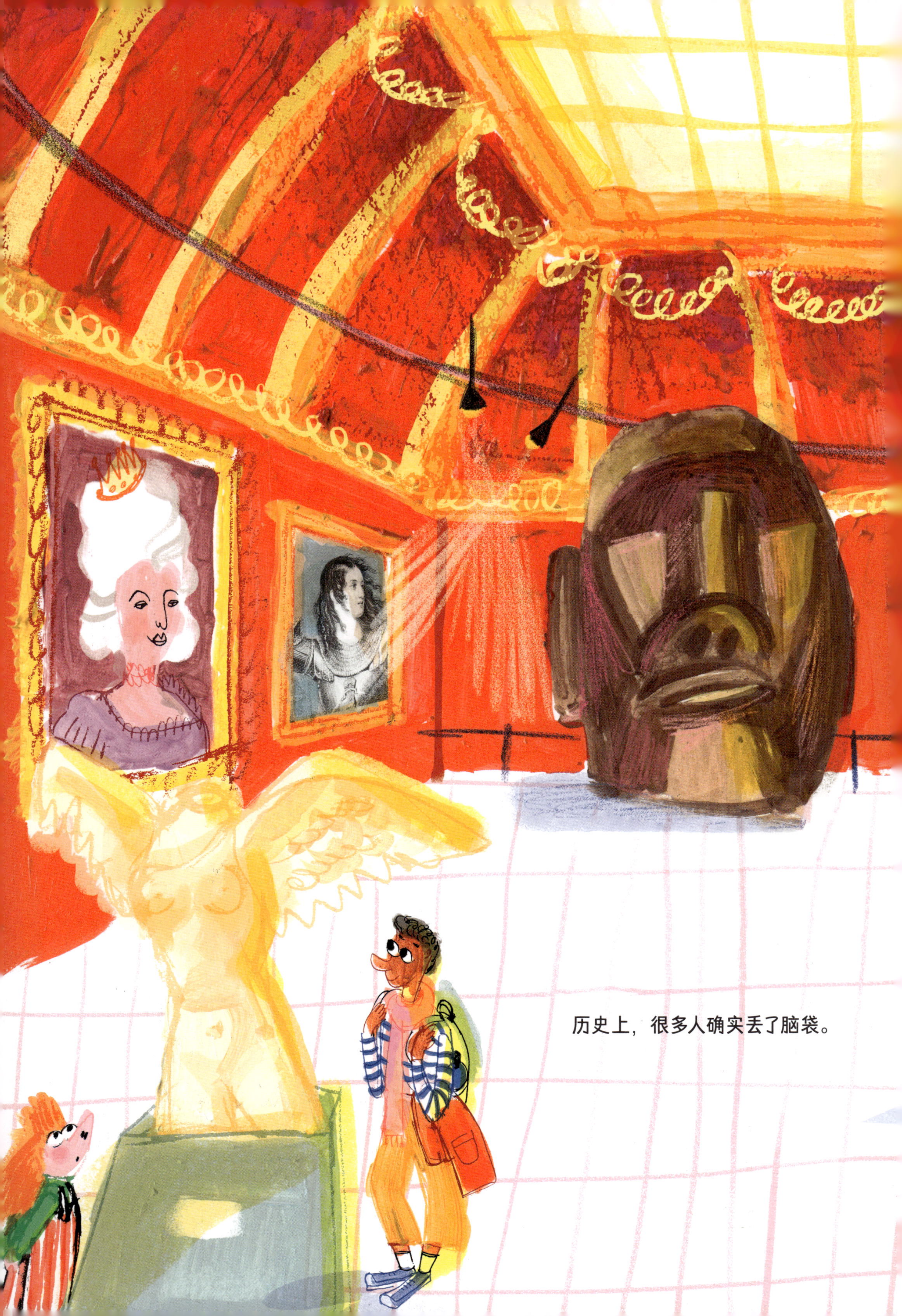

历史上，很多人确实丢了脑袋。

也有人看似失去了理智，
实际上头脑清醒得很。

四楼展出的是丢掉的狗狗，其中有些已经被领回了家，另一些依然在静静等待，仿佛它们还被拴在超市门口，等主人来接它们似的。

我们竟然能丢失这么多东西！
有些人丢掉了记忆，忘记了自己多少岁，也数不清
离过年还有多少天；有些人则失去了视力……

有些人丢掉了节奏感……
甚至连害怕出糗的心也丢掉了!

其实，有些东西丢掉了反倒好，
比如恐惧。

但有一些东西永远都不应该失去。

也有些东西总伴随着失去，比如战争。

有时，失去令我们痛苦。

它会改变我们,
或是让我们感觉自己失去了方向。

当然，我们也可能真的迷失方向。

不过，改变并不总是坏事！

也有一些东西永远都不会改变。

太阳明天照常升起。

玛丽娜·赛斯

西班牙插画家、绘本作家。她自幼痴迷绘画，画笔下常流淌着彩色的房子、鲜花、小狗和充满童趣的人物，尤其着迷于猫咪胡须的线条。她喜欢走进学校和工坊，与孩子或大人们一起在艺术创作中尽情“弄脏双手”。她的绘本作品屡次获奖，并在多国巡回展出。

保湿洗

失
失物
博物馆